心友

森下歳子歌集
宮村典子句集

新葉館出版

心友

目次

森下歳子歌集

さざなみ

網戸より入り来る風の涼しさに息づけば外は静かに雨ふる

岩清水ながれながれて山桜の花びら運ぶ里の小川に

山里に白く霜ふる立春の朝の光はすでにやはらかし

清らかな流れの河原に降り立ちし白鷺の羽根透けて見えくる

夕ぐれの加太の大気吸い込めばひと日の疲れ消ゆる思ひす

車窓から眺めてをればさざなみをたてて田の面をはしる風あり

柿の木に柿ひとつなく枯野にはからすうりの実耀ふばかり

やはらかき霧のかかれる山里に音を閉ざして秋雨のふる

夕闇の迫るにつれてサルビアの緋の色燃ゆる庭の一隅
吹かれつつフロントガラスに届きたる落ち葉の手紙乗せて走りぬ

静かなる里の昼間をさくらんぼ実れば鵙のさへづり高し

山門の石のきざはし足跡のやうな窪みに雨水を溜む

はすかひ

南向く飛行機雲とはすかひに銀のつり竿びゅんと跳ねあぐ

一両の電車通るが関の山加太トンネル明治の造り

ＳＬのスイッチバックせし廃路いまに残りて夏草覆ふ

Ｄ51の走りし里に今もなほ風呂焚く煙ぽつぽとあがる

アスファルトの上をころがる枯落葉おち着ける場を汝も求むるか

大声でどんぶりもてこいと呼びきたるとなりの婆の荒きぬくもり

真みどりを抜けし田の色やはやはと穂を孕みをり梅雨明け間近か

青田より舞ひ昇りゆく蝶の三つ加太に住まふ若者いづこ

畑中に葉を刈られたる大根の仁王立ちして春の日を受く

一軒の床屋のネオン霜の朝せはしくまはる師走に入りて

畑野菜ゆづりゆづられ帰る道大晦の月みちてをり

鹿の伏し兎の駈ける楽園が鹿伏兎《かぶと》の語源ここに一生《ひとよ》を

ほつ

夕闇のせまる林に身を隠す牡鹿の尻の白々と見ゆ

干し柿の簾の間よりほんのりと錫杖ケ岳の色つきはじむ

しんしんと雪降る窓辺ながむれば吾の鼓動と重なり合へり

裏山のなだりに咲きたる白きシャガ桧林の間より見ゆ

見渡せる田の一面に水張られ団地の家並み逆さに立てり

戸惑ひのなきがに育つ杉の木の根方やさしくつつじ花咲く

草むらに咲くのかんざうの花ひとつ〝ほつ〟とふ文字に重なりて見ゆ

つんつんとハルジオンの丈伸びきたり畔いつぱいに占むる淡色

日中のぬくみの残る舗装路に猫腹這ひになりてのさばる

女学生二人並んで路地曲がるやがて追ふやに夕告ぐる鐘

野仏の小さきくぼみにカメムシの越冬しゐる石の色して

幸せと問ふアンケート書き終へて愛用まくらに頭沈める

鱒三尾

野仏に頭下げつつきようもをり親の願ひのいつ子に届かむ

年玉を鼻先にあてにほひかぐ子は新札のかをりするとふ

ファミコンを持ちし友の名連ねてはだから買つてと子のねだる宵

夕餉の菜思案にくれてをりしとき鱒三尾さげ子の帰り来ぬ

厨辺に鳴きつづけゐるこほろぎに胡瓜をおきて子の登校す

知識より知恵を使へと要領を得たる弟が兄に知恵かす

夫居るが心強うて今日こそは思ひの丈を子に言ふてみむ

走り終へ喘ぎつつ問ふタイムなり一秒にかける顔に汗して

陸上とブラスに青春謳歌なす親になかりし趣味を子のもつ

人生の今花時と人のいふ元旦も子の応援に来て

何よりも自由なりたる校風にはまり込まずにゐると子のいふ

訪豪する子のトランクを夜毎開け吾の訪ふごとく荷を整ふる

石橋をたたいて渡る長男と瀬戸際をいく二男の生きざま

批判なら受け入れもするが反抗は許してならぬと思ふ子育て

野菊の花

にぎりたる寒紅そつと口元へ差して幼の顔《かんばせ》ほころぶ

たんぽぽのわた毛輪になり放課後のしづまる廊下をふかれゆきたり

勢ひよくドッチボールをなげし子のTシャツあふられ臍とびだしぬ

だれ見ても腹が立つのと三つ編みの黒髪ゆらし保健室通ひ

批判力今つけてゐる生徒なり吐く悪口に黙しつきあふ

いや　嫌い　言ひたくないし言はないで出口の見えぬ言葉に惑ふ

生徒らのパワーに負けじとセーターを赤に着替へて出勤をなす

バッターボックスに構へし女性徒右足をあぐるに小さく砂を蹴りあぐ

水仙の背を向けあひて咲きゐるは頬ふくらます少女に似たり

強風にあふられてゐる泡立ち草収拾つかぬ子らを見るごと

気にかかる生徒《こ》の行動を書きとどめ身よりはなさぬノートぼろぼろ

生徒らを追いかけし外に吸い殻の落ちて野菊の花乱れ咲く

命水一杯のみて床につく生徒《こ》らと向き合ふ明日にそなえて

通学のバスの停まれる定位地に今朝より朝の光届けり

石臼

さはやかな朝に出したるぬかづけを洗い流せば水のぬくかり

あれほどに漬けたる茄子を揚げ物に変へて料理す秋の来たれり

沢庵の重しとなりし石臼の力たよりて塩分減らす

小鳥らのさへづり届く厨から胡瓜を刻むリズムを放つ

俎に仕切られともにふんばるも老に軍配かぼちゃ切れたり

日当たりの移ろひくるにあわせつつ干し柿くるくる変へるひねもす

十六夜の光さしこむ厨にてことこと栗の茹であがる音

氷片のぐらりと動きかすかなる音耳にして冷茶飲み干す

家なかの思はぬ場所に夕陽落つ巡り合せの秋のひととき

襖絵の鷺の羽毛に這ふ虫の今にもなかかに隠れむばかり

壁紙の汚れ無心にこすり取り暮らしのなかに春を取り込む

酒瓶を狭庭辺置き偲びたり森下酒店栄し頃を

北西の一坪ほどの濡れ縁が孫の遊び場しゃぼん玉飛ぶ

ここちよく履く布ざうり夕つ方湿り気帯びて雨模様なり

露草

青空を指につまみてちぎりたるやうな二弁の露草の花

花びらはグーチョキパーと開きゆくジャンケンポンに勝ち負けのなし

自家製のとまとは口にやはらかく皮と種とが自己主張なす

ミニトマト二つ揃ひて赤くなり老の畑にロマンス生まる

青紫蘇に白き小さな花ならぶ赤子の笑まふ口元に似て

種蒔きの印にさしし無花果の枝に新芽の吹く春盛り

葉の根元ピンクに染めし新生姜乳飲み子の手のごとくに丸し

真向かへばパンダパンジー一斉に見つめ返されああはづかしや

土まみれの南瓜を並べ夏野菜の終りを告げる畑と老人

発芽率百パーセントを誇るがに紫蘇の新芽の畑を覆ふ

採りたての胡瓜の先に萎れたる花は厨の水を吸いあぐ

固きまま落ちし椿を手に乗せてそつと開けば紅差しゐたり

擬宝珠の蕾ほどけて一輪のむらさき淡くのびやかに咲く

山里に届く朝の日一番に受くる畑隅のクインエリザベス

心友

五本指

われひとり働き蜂と思ふことあれど家族は五本指かも

にぎやかに燕戻り来子や孫を迎へるやうな晴れやかさあり

湯上りの地ビールに酔ひまつ白なひととき過ごす結婚記念日

鳴き声の鹿いな猿と夜更けまで夫婦の意見違ふ日となる

嫁ぎこし娘を囲みてのバーベキュー五月の空は底なしの青

祝酒栓抜く音とそそぐ音耳にやさしき元旦の朝

内緒ごとなすがに買い来しプレゼントしまひて夫は幼を待てり

ガラス戸を擦りし幼の指のあと五本揃ひて宙へ飛びだす

好物のあおさを入れて夕餉汁ひねもす畑を起こしし夫に

庭に立つ夫の背中をながめつつ術後の恢復推しはかりをり

三つ編みの孫の手作りストラップ爺のポッケに若葉色映ゆ

まんまるき鈴《りん》のガラスに日のさして幼の自転車輝きはじむ

母と子と嫁女が川の字になりてごろ寝なす盆世よ平らかに

四世代の平穏願ふ主婦の座は見ざる聞かざる言わざるが掟

海色に

炊きたての飯に振りかく板若布のらりくらりと海色に透く

風蘭の香り放てば古木より手取りくれたる義父の忍ばゆ

糊張りしシーツは竿にたるませて干すのがコツと義母に教はる

色合ひや花のつくさま涼しげにねじ花の伸ぶ病院の庭

「老いたるか恢復遅し」と父の文辞世の短歌《うた》になりてしまひぬ

父逝きて旅衣着せる吾の手に伝はるはただ冷たさばかり

亡き父に手をあはすとき現身のこころのもろもろ解き放たれし

思ひただほとばしり出で立ちつくす納骨堂の父に向かひて

豆好きの母に炊きたる金時の焦げをのぞいてたんと盛りたり

昼が来るの夜が来るのと問ふ母にしだれの梅のやさしく揺るる

目薬をさし忘れたと老い母のまたも言ふなりまことしやかに

朝夕の薬の分別あやしくて母の自力のまたひとつ消ゆ

筆圧の弱くなりしを言はずして鉛筆なめなめ字を書く母は

耳遠く会話にならぬ母の常われのくしゃみに答へてゐたり

あと一口もう一口と食ぶる母死ぬる力をつけむと言ひて

繰り返し呼ぶ母の声音として聞かむとするもこころ先立つ

ひと房の小粒ぶだうをつまみあふたうたう二人家族となりて

正月に族揃《うから》へどひたすらに正月待ちゐし母在ざりき

恙なき日々

日をもとめ傾きてゆく葉ぼたんに吾の視点もかへてみようか

同じ語彙またも引きたり開きたる辞書にガガンボ挟まれてをり

意のままに動いてくれる両の手を慈しみつつクリームをぬる

ものごころつきて此の方左利き腕の太さがなにより証

茹たまごの殻をするりとむき落とし恙なき日々送りてゐます

白髪のかがやきが好きとさらり言ふ友は加齢を楽しみてをり

岩肌に数体並ぶ石仏はもみぢの日傘かざしておはす

野にをりしあの日の蛇のからまりをより凄ませる大蛇の舞ひは

落葉松の林をすかし日の沈むしあわせ色にあたりを染めて

切り立ちし岩場の階段ひとりづつ海女が並びて降りてゆくなり

天竺の石に掘られし観音様の衣くろずむ大和の雨に

すれ違ひ思ひちがひに見まちがひまちがひだらけの世を渡りゐる

南天の実の色ほんのり赤味さすやっと抜けしか迷ひの日々を
ああああと鳴く烏をり口ついて出でたる言葉の取り返せずに

白カッターずらり干しあり戦ひなき社会をつくる白でありたし

わが寿命いくつまでかとふと問ひぬ落ちたる柿の小花手にして

宮村典子句集

第一章

さまざまな愛され方をしてひとり

ちょっとだけ泣かせて懐かしい音色

ふるさとの川が無口になっている

葬って歩くきょねんのなんやかや

渇愛の隙間に落とすメール音
鈍い音がして昨日と目が合った
哀しい方へ曲がってしまう一輪車

蓮根のキンピラ薄い縁でした

約束は果たしましたか細い月

プライドを守る寡黙な深海魚

許すとか許さないとか低い屋根
よく笑う鏡だそのうちに割れる
最善を尽くして脆い角砂糖

外は雨　昨日の嘘が乾かない

狂わない程度にバランスを崩す

考えごとをしている夜の交差点

身に覚えがいっぱいあって花曇り

暗闇で探す免罪のスイッチ

横切ってゆくのはずるいキリンたち

偽りのかたちになれてゆく　やがて

心療内科に通うＧ線上のアリア

流されて行くとき見える人の顔

人脈の深いところにある痒み
春は気紛れで一枚の絵の行方
花畑の真ん中花の名を知らず

ともだちを失いそうな針の穴

タンポポコーヒーで温めている傷のひいふう

転生はきっとあなたの手のひらに

バスタオルの端から夕立に濡れる

月の砂漠へ続く夕陽のプラットホーム

心労が続いていますます椀の舟

夫婦茶碗が割れましたから　あなた

真ん中に置かれて冷めているスープ

軽く炒めるとヒトもモヤシも食べやすい

ギブアンドテイク哀しい呪文だね
いちにいのさんで墓穴を掘っている
肩の力抜いても泳げない時が

どうしたのですかと闇が寄ってくる

躁鬱の波乗り　にんげんの海で

散り方を考えている花の罠

人間が少し狂っていて平和
透明な尻尾を振っているんだよ
ひとつまみの塩にんげんを甘くする

雪になりたいのです冬の流れ星

いのちの坂をいっしょに降りてゆくニトロ

切り取れるなら真冬の感情線

上を向いて泣く神様に見えるよう
すこやかないのちなんにもなくていい
しあわせも不幸も冬の滑り台

もう少し生きたい豆腐ハンバーグ

しあわせな花は黙って咲いている

金魚鉢の深さぐらいで死ねたらね

生きるとか死ぬとか紙の裏表
やがて死に至る道ならあかあかと
見えないものが見えるいのちの隙間から

玄関を開けると広い海だった

たましいを洗いに降りる冬の海

愛憎の海を漂いながら　まだ

人間が写ると熱くなる鏡

キッチンに薔薇　母さんが晴れている

前髪のカールぐらいの浮気性

そっぽ向く時も笑顔を絶やさない

逆立ちで歩く陽気なでくのぼう

究極の味アドリブを絞り出す

密談をしている夜の洗濯機

返り血を浴びないようにエプロンを

ひまわりの哀しみ　天を向いて咲く

挨拶を配る落ち度のないように

にんげん嫌いになれたらいいねお月さま

はらはらとこの世は愛の降るところ

愛されているから狂わない時計
午後六時を犬と私が通過する
美しい夜です神様が見える

ふるさとの夢を見ました長い坂

胸の鈴　鳴らないように鳴るように

遠回りしてしあわせに逢いにゆく

知恵の輪が解けて夕方から晴れる
夕焼けに染まると美しいカラス
生命線を足す夕焼けの朱を借りて

風向きが変わった箸は箸置きに

生前葬あの人だけがまだ来ない

この世のことで何か忘れているような

体内時計が極限を指している
右脳から時雨てきそう寒くなる
引き算をするのに手間のかかる指

激辛のトーク湯通しして食べる

空を蹴る　笑ってばかりいられない

義理不義理　空中ブランコでもするか

許されたのか二本足の案山子

争点はひとつで人間か否か

誤字脱字乗せてジェットコースター

リアルな影だあかんべえをしている

ぐったりと疲れて昼の月になる

死んだように眠る空気のない部屋で

アリバイは完璧　月の影を踏む

負ける気がしないまっ赤なイヤリング

ポケットの夕陽が沈むことはない

ていねいに生きるいのちの道だから

神様の色かも夕焼けの向こう

思い出を探すゆっくり老いてゆく

第二章

祈り続けてヒトは人間になった

ご多幸をお祈りします処方箋

逢い別れやさしい嘘を積みながら

ほんの少し乱れてみたい花切手

話の泉で溺れたことがある河童

傷だらけのブランコ遠い夢を漕ぐ

マナーモードにしてしばらくは安静に

遠い日の記憶を揺する水の音

耐えている間は美しいかたち

透明な椅子に魂座らせる

まごころが編めない春の失語症
まみどりを掬う五月のスプーン
水中花を送る真夏を病む人へ

ほろほろと秋がこぼれて詩になる

浮雲のひとつが母に似て遠い

夕焼けを送り届ける赤トンボ

挑戦を続ける　冬の虹渡る

赤い実がポトリ乾燥注意報

冬の満月　決心は変わらない

未完成のパズル一枚夢を足す

サプリメントは恋生き生きと老いたいね

嘘も方便だと神様に習う

平成二十三年三月十一日絶句

哀しみが深くて春が動かない

負けないで欲しい光が届くまで

浮雲よ祈りを乗せて北へ飛べ

動きますように北国の花時計

くじけない魂がある北の天

幸せも不幸も脱いである峠

ここにいるワタシどこにもいないわたし

ノーコメントを貫く誰も悪くない

近寄りすぎたかも思い出が焦げる

ああ人間　首が座ってからの鬱

片付ける仕事のひとつ抜歯する

カルテ千枚いのちの棚が壊れそう

ヒマワリの元気がなんとなく重い

立ち昇る朝日で全身を洗う

どの線も宙に繋がるクレヨン画

本当は大好きですという疑似餌

遊び疲れた日は良寛と眠る

確信犯らしい素顔でやってくる

青すぎる空へ反旗を翻す

嫌いな人は嫌いな人と仲がいい

つまらないことをハッキリ思い出す

ありがとうございましたと蓋をする

しあわせな日々が流れてゆく欠伸

喉仏が騒ぐ誰かが逝くらしい

哀しみを光る傷だらけの指輪

赤が続いて裏切りの交差点

すぐ割れる忍耐力のない卵

プライドの塊　人は哀しいね

逃げながら考えている明日のこと

落とし物ですと涙を拾われる
心にも点滴ヒトに疲れた日
空箱を集めこの世を組み立てる

たった今賞味期限が切れた運

出口から入る見つからないように

反省も挑戦もする滑り台

老眼が進むメガネを追い越して
ケアハウス乱立街が老いてゆく
遠視から乱視にややこしい話

犯人はあなた笑窪が落ちていた

ライバルにだけはホントの嘘を言う

わたしより綺麗な人は嫌いです

躁鬱が続き人間失調症
絆から生まれる愛も憎しみも
雑巾を絞る　母の戦は終らない

温い手だ解毒作用があるような
傾いているから倒れないのです
手を繋ぐ心が解けないように

開眼をしたか鳴かなくなった犬
何に効くかわからないけど水素水
一匹になっても生きている金魚

もう少し塗り重ねよう嘘の壁

指圧師の指　難問を解きほぐす

どのひとに投げても当たらないボール

果たし状だったと読んでから気付く
価値観の違いババ抜き七並べ
お金では買えないものが欲しくなる

諦めた頃に届いた花の種

弟を匿う遠い日のソナタ

また夜が来て梟の真似をする

仮の世をやさしい嘘に繋がれて
わたくしは人間ですというポーズ
頑張ってみます頑張らないように

抵抗を止めたか影がやわらかい

粉々に割れて未練のない鏡

嘘を脱ぐ人間らしく散るために

悲しみを解くと思い出のワルツ

水を足す夢が煮詰まらないように

決定を押すときふっと眩暈する

なにもかも捨てたらきっといい気持ち

のほほんと昨日の影がついてくる

神様の決めた道ですゆっくりと

あとがき

森下　歳子

おぼろげに記憶をたどると、小学一年生のとき、母親のように本を読んでくれた典子さんに、私は惹かれて行きました。それが二人の馴れ初めだったような気がします。

それから六十余年。かねてからの典子さんの発案でふたりの本が出せるというご縁に感動と感謝の気持ちでいっぱいです。又、短歌を詠むことに対しても、元気を得たように思います。

この関係を例えていうなら、真ん中に空気を入れたふうせんのようです。ふうせんの膨らみは、社会人として少し離れていた頃。このふうせんをしっかりと持ち、川柳と短歌のゴム面を長く、永く伸ばしていけたらと願っています。

私の短歌は、典子さんの川柳のように言の葉の豊富さと奥深さに欠けていますが、加太の風景を写生し、遅々と歩んできた道を拙い言葉で詠みました。

この一冊を手にして頂いた方々が、私の想いの一端をお汲み取りいただき、一首でも楽しんでいただければ幸いです。

●――宮村　典子

森下歳子さんと出会ったのは小学校一年生でした。以来の友人です。二人で遊んだ小学生の頃の思い出はいっぱいあり、六十数年経った今も心の中の宝箱でキラキラ光っています。彼女は「心友」としてずっと私の想いの中に住み続けてくれています。六年生の頃だったでしょうか、二人で作詞作曲などをして遊んだことがあります。「ぴよぴよひよこのあかちゃんは～♪」という歌詞をどちらが作ったのかは忘れてしまいましたが、私はその頃いつもこの歌を口ずさんでいたものです。今に続く友情を予感していたのですね。

私が川柳を始めた頃、すでに彼女は短歌の世界に居ました。私は、とても素直な感性で日常を詠む彼女の短歌が好きで、「いつか、歳子ちゃんの短歌と私の川柳を一冊に纏めたいね」と。彼女も「そうやね、出来たらええね」と。

いよいよ今年、二人は古希を迎えます。意を決して、今こそ！　とその夢を実現することにしました。友情を結び合い、古希同窓会に向けて「心友」を発刊出来ましたことは、この上もない大きな喜びであり感無量です。

表紙のイラストをお願いした岸春美さんは同窓の友人であり、日展で数回入選している実力のある画家です。温かい友情を頂きました。ありがとうございます。

「心友」が、二人の「うた」が皆様の心に届きますよう祈っております。

【略歴】

森下　歳子（もりした・としこ）

昭和60年1月　作歌開始

現在　金雀枝同人

宮村　典子（みやむら・のりこ）

平成2年1月　作句開始

現在　せんりゅうくらぶ翔顧問

番傘川柳本社同人

（一社）全日本川柳協会常任幹事

毎日新聞三重文芸柳壇選者

ＮＨＫＦＭ津「みえＤＥ川柳」選者

表紙絵／岸　春美

心　友

○

平成28年2月7日　初版発行

著　者

森　下　歳　子

宮　村　典　子

発行人

松　岡　恭　子

発行所

新　葉　館　出　版

〒537-0023　大阪市東成区玉津1丁目9-16-4F

TEL06-4259-3777　FAX06-4259-3888

http://shinyokan.jp/

○

定価は表紙に表示してあります。

ISBN978-4-86044-829-5